EEN BEELD VAN JOU

DICHTBUNDELS VAN STEFAN HERTMANS

Muziek voor de overtocht. Gedichten 1975-2005
(2006)
De val van vrije dagen (2010)

Stefan Hertmans

Een beeld van jou

GEDICHTEN OVER DE LIEFDE

2016
DE BEZIGE BIJ
AMSTERDAM | ANTWERPEN

Copyright © 2016 Stefan Hertmans
Vormgeving omslag Nanja Toebak
Omslagbeeld Ruth Marten, *Oyster, Huitre*
Vormgeving binnenwerk Adriaan de Jonge
Druk Bariet, Steenwijk
ISBN 978 90 234 9737 0
NUR 306

www.stefanhertmans.be
www.debezigebij.nl

Dear, I know nothing of
Either, but when I try to imagine a faultless love
Or the life to come, what I hear is the murmur
Of underground streams, what I see is a limestone landscape.

W.H. Auden

AANKONDIGING

De wingerd aan het huis
groeit langs de open ramen
naar de lippen van wie schrijft.
Een naam gloeit in de
rode trossen in de tuin,
sluipt met de katten
door het gras en legt zich
's avonds voor mijn ogen
als een slapend kind.

Wanneer het kraken van je
stappen op het wachtend grint?
Een druppel bloed fonkelt
steeds sterker
op de kleine woordwoestijnen.

A.

Hier mocht in feite niets staan.
Uren al zit ik voor dit blad
dat leeg moest blijven voor je naam
en voor de lente-avond in de stad.

Wonderen vluchten met elk woord.

VERWENSING VAN DE DATUM

'Wat rib is zal ooit vol zijn,
weer, tussen je mond en
de volgende ochtend, als
vanouds een hevig aanwezig
zijn in vlekken van rode
bessen, geur van geslacht,

en je benen, een heel klein
beetje, als een woord, een
beetje geknakt en warm
tegen mijn verwensingen aan,

zo slaap je goed.
Niemand kan zeggen
dat we huilden
om het waaien van die
grote, koele dagen

achteraf –'

VERWENSING VAN DE CIRKEL

Op het plekje waar de ziel,
bijeengehouden door wat garen
en vijf knopen van een cent,

telkens een beetje krimpt wanneer
een van de namen valt die
als een vijgenblad de trots bedekken

van een verlopen vent,

heb ik niets anders dan
dit huilen, vloeken en wanhopig
graaien naar het plekje waar

de ziel, bijeengehouden door
jouw zoete niets, mij in die
cirkel rond blijft draaien,

mij toegrijnst en dan zegt:
Ik ben er niet.

VERWENSING VAN DE KLOK

Je hebt het glas niet stuk
gegooid omdat je lippen beefden;
ik heb dit drinken stuk gewenst
omdat niets mogelijk meer was.

Je kunt iets zo hard willen
dat de dagen sneeuwen in je hoofd.
Wijzers van klokken, slingers in
smalle lijven, adem is

haperen tussen wat even komt
en nu al was. Je kunt de
cijfers lezen in mijn huid.

Morgen sta je te luiden als
een oude liefde op de gang.
Met elke slag meet je
het breken van verlangen.

VERWENSING VAN WAT KWETSBAAR IS

Je plukt de wonde niet
die in de nacht op nesthaar lijkt
want stiller nog dan stemmen op de gang
nadert een hand de ramen
en tikt wondvocht in het glas.

De tuin omsloten, de zuilen zijn
van smeltend was; een nachtdier kraakt
het bot van vogels open, en slurpt
het merg dat jarenlang bevroren was.

Je komt niet dichter bij chrysanten
noch bij slangen. Je overtuigt niet eens
het trillend tafelblad, de oleander.

Je blijft afwezig en dat weet je.
Want iets werd pijnlijker en rijker
dat in herinnering verzandde.

VERWENSING VAN WAT WELKOM IS

Je had de ochtend zonder rillen
willen zien –
het fruit lag rottend op de tafels,
asbakken overvol, wijnvlekken op
de plek waar ik je afdruk vond.

Daar ergens tussen jou en mij
twee hagedissen sliepen,
neus aan neus, en met hun staarten
vormden ze het teken voor oneindig.

Je belde niet. Ik belde niet.
Regen wiste de wereld uit,
spoelde de glazen en de lippen,
voerde het slib onder mijn voeten

naar de kwelgrond in je straat.
De luiken zijn van huid,
wind maakt de kruinen droog,
je brengt telkens iets anders mee.

Een blauwe spreeuw, wat
bloedend spreken, Gigi en
de rozen, de smaak van
as in mijn mond.

VERWENSING VAN GELUK

Je hebt het hart niet
om de stenen te begeren,
maar de stenen dauwen
als je loopt.

Het huis heeft licht gedronken.
Wankelend komen stemmen
in de oren, de messen
zwellen scherp op snee.

Plots helt je lichaam iets te ver.
Ik ben dit niet gewend,
dit snikken van je harde
armen, dit warme klauwen

in mijn hals.
De bloemen gillen roze.
We slapen ons voorbij.

FRANCESCO'S PARADOX

1

Leef als de apen en de katten;
zin altijd op een oogafstand die
voorsprong geeft, iets wat veraf is
en dichtbij, een diepte, een plek
waar niemand bij kan komen
die jou niet ontziet.

– Liefste, loop niet met die
omzichtige, moordend sluipende
passen als een panter rond
de huid die ik me onvrijwillig kies;

geef nog het beest in mij
een laatste kans,
een hoge sprong,

voordat je tong, kattig en hoogst
verraderlijk, mij met het zachte
likken van die open wond

herinnert aan de stilte
in je mond.

2

'Hoe kan iets wat zo'n zeer doet
ook zo zacht zijn?'

Ze ligt, verdronken in
Torquato Tasso's vijver,
te drijven op herinnering
die vuur vat na het
branden van haar climax,

eet uit de handen van haar duivel,
drinkt klokkend van haar eigen water
en laat, wat voor de grafsteen was bestemd,
verzengen met haar geur van knoflook
en begeerte.

Alles wat over is, verplicht zichzelf
tot leven in een vorm.
Geil fluisteren, bijten, de grotten
van Francesco's paradox,
vuur dat in laaiend ijs vergaat:
pijn is haar kleine oceaan,
de duizeling van jankend komen

waarna ze, onbemand en stuurloos
als haar dromen, nog dieper
wegzinkt in zichzelf
en inslaapt op de bodem.

3

Water liep dronken langs haar
slapen tot haar ogen in.
Een engel dreef ons
witte oceanen in.

Fontein van jaren,
vleeskristal in een
nauwe blote jurk:

kom nu in huis,
voordat de goden breken.

Laura kom nu thuis,
zet onze klok gelijk,
loop niet alleen bij nacht
in die orfische weide

waar de droesem slaapt;
reinig je benen, denk aan
die zwarte vrucht vol dauw;

geef mij tenminste in de tijd
tussen bijvoeglijk en zelfstandig nog
het heet gelijk van je sissende leden

in het slijk.

4

Laura, ik heb zeer.
Het krimpen van de waterlijn
geeft mij een tong van leer.

Niets is taboe;
een schurk zingt beter *stretto*
dan het lijk van onze vedelman,

en over water is niets anders
dan geblaf te horen. Ook daar
is niets dan geil vergaan.

Stil dan, in niemands naam,
laat me vanavond een keer
rustig slapen gaan

voordat je lichaam me van voren
af aan weer overweldigt met
spierpijn, hartzeer, ademnood,

een kop vol wind en kiezelsteen.

AUGUSTUS/HET STOF

Bij de lichtloze lamp
die ons warmte gaf,
onder de huik van je
arm bij de inkeping:

een zwarte oester in je lichaam
en ik hoor zijn doodsgezang.

Bij de heilloze warmte van
een hemellamp, terwijl de
vruchtenmand zwaar is van
rottende vervulling,

– daar ben je ooit in mij
geweest, avond met warme
regen, terwijl de liksteen en
de grafsteen in het bed
verslijten met het hijgen,

onder het wrijven van geschaafde
heupen, liefdeszand.

Drijfzand van geheugen.

SEPTEMBER/BAAI IN KRETA

De wijn verlaat mijn lichaam
en een rilling brengt hem
in een grond van kurk;

licht gaat versplinterd in
olijven op de heuvel over
in een groter licht.

De branding is geniepig als
een ploertendoder in een vrouw,
gemakkelijk en warm.

Dood nu de laatste hagedissen
bij de muur, de open fetisj
van het smeulend warme lijf.

Wat sterft beweegt zich door
het donker van de woorden,
onweerstaanbaar,

tijd die zich als een huid
om wiegende heupen spant.

Net daarom razen minnaars door hun dromen,
en staan nooit stil bij wat moet komen.

OKTOBER/HET BLOED

Je schrijft niet meer.
Handen die in beelden
woelden hebben je
lichaam toegedekt.

Toe, ga naar bed.
Open en warm ligt nog
een ooglid op de keukenvloer,
een vrucht die iets heeft
liefgehad,
de waanzin van de duur.

Bloed wast niet, zegt Macbeth.
Toe. Ga naar bed.

Nacht neemt me overhand
met smalle vingers
in een vuile greep.

Ik zie twee koude armen
met open aders op de trap.
Niemand omarmt een stap.

Maar wat ik ben, hier,
op die koude keukenvloer,

heeft jou nog nooit
zo panisch liefgehad.

DESDEMONA

Ze ligt er, zorgzaam voor
haar eigen zwaartepunt, in
een zeer scheurbaar jasje bij.

Het raam, dat ergens op
een beeld uitgeeft, spiegelt
zich in haar lippen vrij.

Het bankbiljet, waarmee de
schijn haar schaamte dekt,
ligt achteloos verfrommeld
op de sprei.

Een laatste koele keer
verlost ze mij.

Haar blik, al dagen uit,
ligt in haar lijf gezonken.
Ik hoor op deuren bonken.

Haar navel is het koudst.
Ik loop via het raam
de kamer uit –

het glas lijkt op haar huid.

WILDE KIEMEN

Je kunt, tegen dit beeld
aanhikkend, de zinnen breken
die ons gister zinvol leken.

Dood komt het vlugst in
de details – een oogwenk
later, op het spitsuur,

als je aan gele bloemen denkt,
en dan donkere vlekken op de muur
als je, mij zoekend,
naar de bodem zinkt.

Laat snel gaan wat
niets meer belooft.

Ik wil een muur om bij te liggen,
lang en gerieflijk uit de wind,

misschien een losse steen of twee

om daar je groene ogen mee
te dekken, als het midden
in de zomer sneeuwt
en ik aan wilde kiemen denk.

OMPHALOS

Van dood de fonkelende onderkant
lig je in melksteen en in koorts,
geeft me je ochtendkleur als onderpand.

Mijn knekels wrikken in een hel van spieren
om los te breken in je klieren
en daar de stilstand van je hart te zien.

Je spreekt, maar ik hoor zingend steen;
je zwijgt, maar ik hoor treinen in de ondergrond.

Wit beeld van bloedend marmer,
laat me je lijf op aarde,
gieren die waken op
je katzwijm van plezier,

drank die het lijf
in tweeën splijt,

ondergang, etter op inscripties,
het zenuwtrekkend handgebaar
van ademend carrara,

openingen, fluisterende aders,
tijd.

EEN BEELD VAN JOU

Iets ging liggen in je hoofd
iets als een bries
een verre echo van geboorte

het was een dag van
oud goud en wonden
waaruit weivocht vloeide
als op de eerste dag

de lucht van staal
en het water, waar je lag,
vulde de wereld met
een nieuwe kou.

Je ziet de loper in
zijn zwarte schaduw niet
de ruwe tegels en
het slot dat op je
argeloze vingers wacht

en toch trek je, in
altijd nieuwe eenzaamheid,
het laken van de jaren
op je warme lichaam

en je lacht.

BARBAARS HEUVELTJE

Dood kan niet raken aan
het plekje waar ik slaap,

al regent rode inkt
mij in de ogen,

kersen van je vingertoppen,
zwarte schaduw op je dij.

Een kleine kale god
legt er een paar uur later

nog een gouden penning bij.

Je dekt je gleufje,
steekt dan je neus op,

tegenwind.

Je ruikt de zee in mij,
warm en nabij.

MIJN BEURT

De kaas moet vers uit Parma komen;
De pepers rood uit Pomeriggio.
De mascarpone moet geel-romig zijn
en jij moet zingen bij de wijn.

Ik zal een jonge kwartel eten,
farce van mortadella en Toscaanse weed.
Je bloes hangen we voor het venster
tegen inkijk en insecten.

Het fruit zal branden in je mond,
en wat je zingt wordt stilaan honger,
branie, geblaf van een jachtige hond.

Peperoncini glimmend op je buik
lig je op tafel en je beeft.
Vorken en messen zijn verdeeld.

De koffie met kaneel gaat met
onspreekbare syllaben door je keel.

HUISMAN

Ik heb weer ruzie met de dingen,
de vormen vallen uit elkaar.
Een scherf gaat in een wonde zingen.
Ik leg de messenslijper bij de schaar.

Ik vijl aan vingernagels en aan tanden,
de ronding van een kruik maakt me al woest.
Ik geef je mooiste ondergoed uit handen,
en waar je bloot bent, zie ik roest.

Let op de duiven in de goten,
let op de slangen in je haar.

Je hebt je lijf voor niets ontsloten,
dit niemandsland is nooit vruchtbaar.

Ik vecht voor jou in al die dingen.
Ik zal hun scherven in je lichaam

wringen.

LATE VORMEN

Alleen die ene wolk zagen wij,
in niets ook maar aan iets anders ooit gelijk,
boven de heuvel als een trechter plots verschijnen
navelstrengroze en dieppaars, dooraderd en hol,
een vat vol avondwind en dreiging,
misschien wel kilometers wijd,
een reusachtige oester drijvend in de tijd.

Kon ik de plek van op zo'n afstand zien
waarop jij en ik, jaren terug, verstrengeld
lagen op een houten bank, in voorjaarswind
en schel wit licht, waaiend jong blad,
grillige vormen, een bospad dat
blind leidt naar een gezicht;

misschien dat ik die wolk
toen al een ogenblik in
jouw droomachtig diep
had kunnen zien verschijnen;

want niets verraadt een oude kracht
zo zeer als zwijgen en verdwijnen.

ENVOI

Prinses, je liet me nooit
de dingen doen die ik jou
niet liet doen;
's nachts, in een dode hoek,
zag ik je razen tegen een
blauw trottoir, een iets te vroeg
uitbottend struikje, en ik wist
dat wij met verdraagzaamheid
niets konden doen.

'In 't clooster gaen,
waer twee paer scoe
voor 't beddeken staen' –

je was te wild gebleven,
opgeschrikt en bang voor
het te schelle licht.

Maar soms was ik dat
alles, even, wat je zelf
wou zijn, een licht,
net voor jezelf, altijd
een stap te vroeg, uit
lopend en lichtzinnig leven.

RIJPE KERSEN

Wat stand houdt is oneetbaar.
De oudste huizen worden ingeruild voor nieuwer puin,
en gladde steen reikt al de hand aan ouder puin.

Maar ik heb *Under Milkwood* in de kamer
en Richard Burton die, als een dronkenman
die in zijn droom met zijn oermoeder slaapt,
waarzeggerij verkoopt op plaat.

Hij droomt haar tweeëntwintig jaar
en bloot onder een wijde, zwarte jurk,
haar benen bruin door landwerk op een onbereikbaar veld.
Haar witte borsten weegt hij op zijn ene hand,
terwijl hij met de andere haar natte lijfje spant.

Men spuit de straten tegen hitte, om tien uur 's ochtends al.

Ik heb kersen gekocht, ik spoel ze met koel water
en zet de glazen schaal op de granieten tafel
in de verzengde tuin.

's Nachts wordt het warmer nog,
de pannen liggen in gloeiende rijen op het dak
en stralen door tot op de kamers waar we liggen
en luisteren hoe de ander slaapt.

We slapen geen van beiden.
Ik hoor je zuchten in halfslaap, luider en regelmatig.
Ik denk dat ik mijn naam versta. De overloop
is even, een ogenblik daartussenin,
zo koel als water aan mijn voeten.

Je deur is open. Het raam is open.
In de warmte lig je open op de sprei.

Als ik dan, twee uur later, weer tegen de stroom opga,
ben je al ingeslapen. Het eerste licht ziet de
intieme glinstering die we daar samen achterlaten.

Ik heb kersen gekocht.

Een jonge vrouw gaf me er twee ter keuring in de hand;
ik woog ze, met een klein gebaar, en keek haar heel lang aan.
Daarop vergrootten haar pupillen zich.
Met zwarte kersen zag ze mij.

Ik kocht het volle pond van haar,
strooide de schoongelikte pitten in het bed,
waarop je lachend in het zweet iets over rijpe kersen zei.

De wortels in de dakgoot, jaren later,
voeden zich met het puin van jou en mij,
een boompje '*dat diep wordt gesnoeid en duizelt,
lief*', zoals de oude dichter zei.

Het bloeit pas in december, als de bloesems uit de hemel komen
koud en rillerig als een ballerina in haar eerste lentetij.

We hebben tijd.
Vannacht, als de hitte uit de nok weer op ons valt,
laat ik je *Under Milkwood* horen.
We liggen er, met lichamen als open oren,
liefde en zweet scanderend bij.

OP WANDEL

Het blauwe druifje, bloeiend in de lente,
ziet nooit de late roos, want die komt
in september. Natuur heeft een kalender
waardoor de vormen niet in staat zijn
om elkaar te kennen, laat staan
de geuren en hun kleur.

We strompelen, de keien zijn niet rond.
En onder ons ligt vaag het stadje
waar parkeren een probleem is,

de gasfitter is aan de drank
en achter bar Le Siècle kweekt een man
zijn kanker als een lichte, hoge plant.

We wankelen onder de ijswind
en de dode, mensachtige eiken.

Je draagt een kind.
We worden ooit elkaars gelijken.

Tijd slaat kalenders
in de wind.

HERMESVILLA, WENEN

Ochtend in mei, het sneeuwde op
je buik en alle klokken luidden,
en jij met Nijhoff zei dat ik die
prins was, in dat nooit beslapen bed.

Zwart stond een schaduw bij een perk,
bloesem tussen donkere struiken.
Geschrokken zagen we de uren en de wolken.
De tijd deed zelf de rest.

Op fresco's aten hazen neergeschoten mensen op.
De wereld op zijn kop,
zo heette ooit een huis in Wenen;

en jij en ik, van alle markten thuis,
zagen hoe passies, op hun hoge poten,
door lichtverdronken loggia's

steels giechelend verdwenen.

TANGO SAUDADE

Een engel valt niet van een trap;
en jij klimt tegen alles in,
je ligt een poosje achterover en dan
weer gestrekt, je hebt in je geschoren
oksels weer een doodssmaak meegebracht.

De straten heb je meegebracht,
de dansvloer barst ervan, betonstof
en verrotte ruikers; alcohol
in een geschroeide bast.

Tussendoor, bij de bar,
de mescal op, wil je het laatste.
De fles is leeg, de worm is hard
en taai, je eet hem en er staat
wat schuim tussen je ooghoek en
de gespannen draai vanuit je keel.

Lief, grenzen zijn gevaarlijk.

Ach wat. Je knijpt een dode in de pols.
Hij draagt een moiré overhemd,
het Nessuskleed. Het meisje in
rood slangenleer draait nu de peuk
tot een zwart spoor. De bandoneon
steekt zijn warme tong diep
in je oor.

Verdwijnen in de avondlucht
in een visioen van staal en glas,
een hand die scherper is dan
je giftige woorden.

Ergens zit iemand in een zwarte
uithoek en hij drijft het ritme op.

Er is nog ruimte over.
Er is nog lichaam over.
Pijn, van de linkerkant
– het lijkt een mes dat
wappert als een vlag –
gaat over in het hart.

Dans met me, laat me niet staan
rillen in die flits van eeuwigheid.
Ik til je even van je voeten.
Je bent een tijd in tegentijd.

LOVE SONG

Raïssa kwam de wereld binnen;
hij stak zijn mes diep in het brood.
O goden, alles wat we zomaar vinden
bezorgt ons later diepe nood.

Hij hield van haar – regen, taxi's,
een onderduikadres en alle vrienden
dood. Soms liepen ze tot bij een
zwarte vijver, ze schrokken van de

spiegels in de lucht, of in de straten,
in de verfrommeld weggegooide brieven,
overal, en lieten zich dan wekenlang,
en geen van beiden, zien.

Ze stierf in een krantenbericht, onder
aardappelschillen, resten van een koud
geworden paradijs, en alles wat we later

van haar leven konden vinden,
verfde de zoetste dromen grijs.

DERTIG

Ze droomde van een man uit wilde zijde,
een wijze die haar lijf en haar verleden
vlam deed vatten, maar de broze wijsheid

van zijn lichaam liet haar leven
met een hunker naar haar tegenbeeld:

iemand liep over oud parket,
sloot liefdevol de ramen,
deed stil haar kleren uit,
en legde haar zonder gedachten

op haar zij, te slapen voor de

nachten zonder weelde.

POLAROID

Op de rand van het bed,
de haren in een wrong,
haar rug zich spannend als een boog

toont ze de poort waardoor een man
zich in zichzelf moet storten,
torenhoog.

Vervuld van spijt, als minnaars
na het paren, streelt hij haar
diep gevallen haren,

ze spreekt van dorpen in
het oosten en hij is in haar.

Plots komt de nacht zonder hen
klaar – ik ben het die haar kust,
we zijn voorbij het spreken.

Ooit zal vergetelheid de deuren
voor ons openbreken, en groeit het

als een beeld omhoog.

VOOR A.

Ze had gezwommen in een roerloos meer,
de zwanen leken zwart van ochtend.
Ze rilde in haar blonde, naakte vel,
het water tot haar navel en de glimworm

die ze 's avonds had gevonden
bij een heg met opspringende honden
zat nog in haar hoofd te gloeien
als een onbenoembaar ding.

Ze aarzelde. Haar voeten deden pijn
door scherpe stenen op de bodem –

zo had het kunnen zijn.
De stilte die de nacht ons gaf

bewaren met het zwaaien van
evenwicht zoekende armen
in het eerste licht.

Maar de glimworm liet niet af.

OPEN DEUREN

Het was een avond dat we buiten aten,
we wisten dat de wolken
aan de zomerranden vraten.

Je liep naar binnen en ik volgde.
Je sloot gordijnen om het niet te zien.

Druppels vielen als munten op de bladen
die ik had omgeslagen om je kinderlijk en
lachend te bedriegen. Wat was je blind en slim.
Je dacht aan schuilen achter dichtbegroeide
muren en aan slapen in de warmte van de dag.

Ik had geen haast, omhelsde je.
Maar jij, die dingen aan de weerschijn
in mijn ogen kent, jij gooide deuren
open voor de winter.

NA DE LIEFDE

Hoe vormloos uit de wasbak
hangt de warmte, bij het licht
dat van de daken springt,
over de bomenrij tot in het raam:

een T-shirt met je naam,
iets overhuivend dat ik niet
kan zien. Een afdruk van
je lijf misschien.

Alles wat je snel doet,
ben je kwijt.
Wat je niet doet,
leeft in andere tijd.

Diep in de straat,
bij de platgeslagen zomer
en het opspringende hondje

danst de spijt nog naast je mee,
maakt een rondje, laat je dan alleen.

Maar je bent nog altijd
met ons tweeën.

IN EEN KAMER

Kersen en vogels door een kier;
twee stille handen hebben;
denken aan Arnolfini en zijn vrouw.

Geest kon de ruimte voeden
met het overblijfsel van ontmoeting.
Het bliksemt in Gods ingewanden;
huiddun je zoet harnas.

Nu je hier voor me zit,
nefaste *Liebste*, laat je mij voelen
wat een vroege zomer is,

het luie windje in het groen,
rillen van wondgewreven vleugels
in een rood scharnier.

Kom hier, meisje dat minnaars
tekent met een blik.
Leen me je pols;
leen me je ogen;
leen me dat achteloze.

Want voor de inkt
kan drogen is het
leven niet meer hier.

DE TERUGKEER

I

Je rijdt op mij.
Dief in de nacht.
Donkere vlekken tegen de lichtend
open plekken van je huid.

Dan hijg je uit.
Een vogel met zijn bek wijd open
op een zwarte tak in mei.

Je vraagt me om een snijdend speeltje.
Ik til me uit de doden
tot de hoogte van je heupen
en ik krijg

je lijf in ruil,
geketend aan je
door mijn mond gesmoord
gehuil.

2

Je hengelt naar vertrouwde pijn.
Het ritueel nauwkeurig afgestemd
terwijl twee spreeuwen op het dak
zich hebben opgemaakt voor wintertrek.

Je zegt: drink niet zoveel.
In een motel dichtbij een vlindertuin
loop ik 's nachts zonder kleren
door het pas gemaaide gras.

Mijn voeten worden nat.

Je liet de deuren open.

Kom stalker zeg je,
kom in mij.

Hevig beef je, motoren stinken
in de laan, de televisie
ratelt in zijn droom.

Je trekt je benen op,
denkt aan het maken
van je zoon.

3

De lucht is zuiver, zeg je.
Raak me nu niet aan.

Ik draag je schaduw
als zwart ondergoed.

Je wil dat ik het liedje zing.
Ik rasp en knerp:
schimmen die langs een oud
ravijn met vingers wijzen
naar de dingen waar we bang voor zijn.

Wees nu een vent, zeg je.

Je slaat me tot ik als een kind beken
dat ik je eigenlijk niet ken.

WINTER TE P.

Een wolk van klonterend kristal
van grote hoogte op ons neer –

iemand had dit een naam gegeven,
iets wat je voor me achterhield
want jij hield niet van sneeuw.

Toch stond je bloedrood in
je jas bij het doorwinterd bos,
vlek die een ets tot leven kwetst.

Je lachte niet, ijskoningin,
je had een ander,

ik dooide langzaam in
mezelf tot ik

een plas werd en verdampte
in het licht dat van je adem kwam.

Wat werd je ruim,
mijn zoete blonde dood.

Verneveld keek ik op je neer.
Toen kwam het vriezen weer,
ik daalde langs je vlinderende
wimpers en blonk licht gezouten
op je wang.

L'OEUVRE AU NOIR

Ze rijgt een draad door haar lichaam,
verhaal dat in haar aders zinkt
en rafels maakt in de weefsels van haar hart.

Ze striemt me als ik tegenspreek,
ze slaat wanneer ik zwijg,
en in haar slaap zijn haar
breekbare handen als een zweep.

Galbitter speeksel uit haar zoete mond,
de ophef die haar spieren maken.

Dat ik gebroken door die
zwarte roes tot bij haar
stem moet raken.

DE MINNAARS

Ze voedden zich nog slechts
met vlinderkeutels,
kolibrie-eitjes en vieux rose.
Hun ondergoed rook naar
brandnetelsap.

Ze hadden geen geheimen:
de camera keek op hun bed,
hun moeizaam sterven aan genot,
het fluisteren onder het laken
van hun bescheten tijd –

alles raakte door zure adem
mistig en bevochtigd.
Alleen het beeld bleef tochten.

Want vruchtbaar blijven is verslijmen,
het afslaan van de vliegen op het lijk
van een oud spook dat spreekt en tatert
in hun droom.

Nochtans – die was er eerst.
Hij was hun Eenhoorn.
Hij was het die de dromen
om gebaren heen kon winden.

Pas als hun ledematen uitgeput,
gevierendeeld bekennen dat ze
elkaars schaduw zijn verloren,
ontstaat er weer iets als verleiden.

Maar dan kun je de echo's van
de schoten bij de Wannsee
al op radiofrequenties vinden.

NA DE MIDDAG

De eenoog plengt zijn laatste traan.
Hij staart in eeuwen duisternis.

Zijn kale kop als een reptiel
dat in zijn vaart gestremd plots
stilstaat en de vijand wil fixeren.

Er is geen ander in het beeld.
Hartvormig trekt zijn schaduw
over herinneringen zonder naam.
Zwart vlees lispelde in vervoering,
Saturnus' listen, geest in de natuur.

Maar er is niemand die als zij
kan wandelen boven de wereld,
haar stem een lichte wolk
op de einder vol zwavel,

juwelen in haar buik,
de vergankelijkheid van het oog
geschokt door alles
wat weer zijn beweging vindt
en zich blind in haar wereld boort.

SWARTVROU, STELLENBOSCH

Bushok en schuivend beeld van aarde,
schuimende oevers en geföhnde wolk,
een arm die om een landschap gaat
en wat haar ogen zochten.

Stil jongen, stil je dorst.
Het is dat licht bewegen van
haar amper openvallend jasje
dat jou zo dromen doet.

Buiten roken bevrijde slaven nog
de zoete velden uit, de oude *plaas*,
de aardbeidronken clusters mens.

Als dit is wat het van ons wenst –
dan zal haar hand het hele leven
trillend dekken in een ogenblik,
een grote doodshoofdvlinder,
flapperend en felzwart in
haar wijndoordrenkte bed.

MEISJE IN DURBAN

Ze loopt de kantjes van haar lippen af,
het zout, de kussen en de wonden
die ze mijn voorgangers vergaf.

Ik kom van Mozambique en heet Kyoto,
praat Xhosa met een lichte klik,
ik klak met paarse hakken op tarmac,
spreek ook Zoeloe en Maleis,
ben de godin van het portiek.

Een souvenir? De kneepjes van mijn hand?
Wuif met je hart, jij blanke,
laat mij het wisselgeld voor nog
één van mijn onnavolgbaar lichte

wimperslagen,
terugslag van donkere oceaan,
koel schuimende ochtend,

als je slaapt
en mij vergeet.

FONTAINE-DE-VAUCLUSE

Bij de groenkoele hellemond
waar ik niet wachten kon op jou
– plots sliep de tijd,
de dag kwam zomaar vrij –

lag je hand heel licht
eenvoudig op mijn schouder.

Ik wou je iets bekennen:
hoe eenzaam ik het had gevonden
om in die steendoorwroete gronden
naar je stem te moeten zoeken,

maar je was niet verrast,
we gleden in duistere stilte,
en praatten in gedachten.

Zo leerde je me tegen beter weten in
dat ik mijn leven lang,
de afspraak misgelopen,
nooit had geleerd dat
wachten meer opbrengt dan hopen.

VOORJAAR

Het is volmaakt zoals
het er staat
voltooid in eigen licht
wisselt het blikken
met een blinde

Het is het meest vluchtige
waar ik ondanks alles
toch niet bij kan komen

Proteus rent
langs de verbleekte hemel
en staart in spiegels van slik

sneeuwbes, een beeld van
Bloemfontein in woorden

dan de vallei, de amper
openvouwende einders
van gedroomde savanne

jouw groene ogen, hemelgroot,
want alles is in niets
en dat in jou.

LES SALETTES

Kun je verdrinken in herinnering aan blauw?
De berg zeilde langs het water,
en jij vroeg een verhaal
dat over ons zou gaan.

Daar, waar we amper kunnen staan,
houd daar de dunne draad gevangen
tussen je bleke poppenvingers.

Spreek met mij
over het slapend, zwemmend kind
dat roept naar schimmen op de oever:
Ik ben vrij, ik ben vrij.

Het roeit ons tot de overkant,
zijn lichaam is ons bootje,
je houdt hem dicht tegen je aan.

Toe zeg je,
bel me. Schrijf me.
Ik raak niet bij
dat meer vandaan.

ROERMOND

We liggen samen in een
Achterberg-gedicht: een spiegel
met zijn rug naar je gezicht,
ik slapend naast een warme pop.

De schaal van Richter
heft ons op, laat ons dan
wiegend hangen in een leegte.

We schuiven heen en weer.
De zwaartekracht doet zeer.

Staan onze dromen in het
maanlicht overeind?

Is van het huis
het diepste anker los?

Waait nu die schaduw
langs de gevel en worden
steden weer tot bos?

Slaap in, ons schip
drijft weer het water in.

JE T' EMBRASSE

De tuin, het aanrecht en het landschap
dat je ongeweten achterliet –

waarom heb ik het tegen jou,
verdwijnend voor het venster?

De stilte in het asfalt,
het bidden van de sperwer
in beregend tegenlicht

en alles wat je niet kon zeggen
in dit stamelend beweeglijk blijven –

o, hoe je in mijn armen zwicht
voor een vaste betekenis.

BEZOEKING (verdwaald)

'Je moet de hand niet grijpen
die je streelt.
Wat wederzijds is, heelt
minder snel, maar – '

Plots kom je binnen.

Glas rinkelt in de sponning,
wijn siepelt door mahonie
en de goden denken:
we zijn oud.

Daar zit je in je tover,
in je geur.

Toe, neem wat, *Liebste*,
drink iets van me,
geef de dag tenminste
nog mijn rillend lijf in ruil

voor wat je
onbereikbaar bent.

BETOVERING DOOR SNEEUW

Hoe onaanraakbaar valt het op ons in.
Kleine schokkende dingen zijn het,
gestolde wolk die in het tegenlicht
gaat dampen op een bokkenvacht.

Door op je huid te jagen
hervindt herinnering zichzelf.
Ik zie je voor het eerst.

Helder valt je lichaam open,
gaat met mijn ogen aan de haal.

Je vingers ijler dan
rookpluimen in de verte.
Als ik je bijtend kus
gloeit je doorschijnend bloed.

Rood is je ademende keel.
Je warmt de ochtend en het bos.

Nu ik mijn handen
aan je lippen openhaal
begrijp ik wie je bent.

Het is te laat.

Ik hoor je kleine hakbijl hakken
in de vijvers van mijn hoofd.

Ik stop mijn oren dicht.
Het sneeuwen houdt niet op.

AJUINVINGERS

Je sneed ze zacht alsof ze leefden,
eerst dwars en dan de ringen,
maar het deed pijn daar
waar de schil je huid kon raken.

We moeten nu niet praten
had je nog gezegd.
Je ogen prikken maar het
stelpt de woorden niet.

Zelf rook ik rode snippers,
hun sap nog in de vingers
die ik op je handen had gelegd.

Zo bezocht me ooit een engel,
terwijl jij koortsig sliep,

en op het vuur een pan
die jaren blonk van avondlicht.

Verlicht ons, Muze,
versnipper onze levens.

Omhels me, jij,
je vingers ruiken
en ze beven.

BRAMENVINGERS

De lichte ruk waardoor het twijgje
vruchten lost, en veert,
en zich zo snel
door huid kan boren,

kleine weerhaak, groengepunt.

Zwart is het trosje
dat bloed lost, een druppel,

amper genoeg voor smaak,

het loskomen van heel ver,
noem het een einder
aan dit ogenblik

waarop je, vinger in de mond,
geschrokken naar me staart

met paarse ogen,
zo heel erg lang
geleden, het glanzen

van geplette vruchten
op de lippen van je buik.

DE NAGELBIJTSTER

Van rafels die ze zich had
toegestopt, de kleine zwetende,
haastig en snel en overal

mij naar de mond, at van zichzelf
als straf en kon zich
niet ontkomen.

Haar sterke vingers, toegetakeld,
de lak die ze er toen aan had,

het knaagdier van haar angst
ging liggen in mijn hand.

Tot ze in slaap viel,
jarenlang, naast iets in mij,
een winterhol voor eekhoorns
met hun snelle scherpe poten.

Toen ze genas, lakte ik ze kleurenblind;
zij, in het naar buiten snellen
plots geremd door het volmaakte,

legde ze op mijn arm
en greep me dieprood
in de ogen.

FLEURS DE COURGETTE

Ik sneed ze dik
de schil glimmend van huid
en wat eronder week
te wachten zat

het mes dat langs zijn
greep vergleed naar
hout dat wacht en slorpt

alsof die gele bloem
op haar koelgroene vinger
naar iets kon wijzen
dat ik nooit ben

mijn bloed dat plots de vlam
kleurt die we later eten
terwijl het mes licht op
de tegels valt

en je me belt
dat je dan toch niet komt
of misschien wel
we zullen het
nooit weten.

KANEELVINGERS

Je gaf het
aan de nacht in mij.
Een woord dat
van je jonge mond
gesprongen kwam
en als een tong mij
likte

waar ik wond was,
man als man,

en dood mij in de mond kwam
als je diep mij kuste
en me nam.

Ik had de jaren tegen,
je plooibaar lichaam mee,

een tijd die tij werd
in de regendagen van
een kleine kamer ergens
achteraf, zoals we alles
wisten.

Rood was je bed,
het water uit je kreten
helder als de bron
die we niet kenden.

Slaap met mij in
dat nooit gevonden bed
van Betty Boop

en schrijf me niet.
Oudroze is de binnenkant
van jeugd, de omgestoten
hoogbenige glazen
onze tijd,
kaneel onder je rokken,
eindigheid.

KERSENVINGERS

De tent ademend
in de laatste wind,
je koele stem leek het,
fluisterend,

geluid dat geuren voortbrengt
en het duimbreed van je huid
dat mij werd toegemeten.

Felle, heftige, rood aangelopen,
hoe we ons missen
bij zonsondergang met
vage fanfare in de verte.

Toch ook, hardhandig op
een naamloze wc,
de engel die je
hurkend was,
mijn *Liebste*,

omdat we nooit meer
kwamen
en je vingers geurden nog
naar fruit in mijn
gesloten mond.

KOELE VINGERS

Koele vingers in het najaar,
nadagen, midden in de
zomer van jezelf,
een hand op snel bewegen
leggen en tot stilstand komen,

hou het daar
halfweg zwevend,

druk op je lippen,
verander en blijf,
hou het amper,

met zoveel lichtheid
wil het opnieuw,

wees goed voor wat
nooit geweest is,

leg het vast,
laat het gaan,
herbegin gewoon hier,

ik wil je,
ik wil je.

LEESVINGERS

Over de randen van mijn handen
tastend want daar hield ik niet op,
vond ik geen andere handen
onophoudelijk dichtbij
maar iets van jou,

je inktbevlekte vingeren,
voltooiing van verzinsels,
beweging als een ding,
de onuitspreekbare palmen
die een vlinder leken,

duistere opening van een
verbeelding die je losliet

zonder los te laten,
niet met mij,
niet zonder mij,

je glimlacht om de randen
van het beeld,
dat wat je nu weer
met me was

en ademde, zo dicht bij mij
dat ik mijn randen aan de jouwe
stootte, waarheid, nog zoiets,

totdat je lippen er een eind
aan kusten en we zwegen,
onophoudelijk in deze,

want die dag lazen wij niet verder.

NACHTVINGERS

Als ik de kroeg uitloop
ben je al ingeslapen,
droomcode van vergeten
op een handpalm ergens
in de vochtige wind.

Laat me, prinses van steeds
te laat, de beelden van je
vingers eten.

Ogen kunnen kussen.
Dat wist je al.

Maar jij, een heel klein
beetje scheel en soms
van mij, jij van de gekke,

omhels de maan, de bijna volle,
de schaduw in de schaduw

van een ouder wordend lijf
en laat ons zwijgen, jaren
voor een naam, jij en de

hele tijd van leven.
Meisje in een raam.

NOVEMBERVINGERS

Een wandeling met jou is als
Icarus' euforie: je spreidt

je vingers, stopt ze
diep in de ijskille vijver

waar ze drijven,
die smalle vissen van mijn ziel.

Dat ik het water van je handen
wreef, en hoe het spoelde,
wassend als vergeefse groei,

een licht dat sijpelt
door de bron in ons,

naar je hart, dat is het
mijne, omdat het donker
van ons afdruipt

en je lippen vriezen dicht.

Er is een zwaan gedood,
de taaie nek doorgesneden
met een blauwe scherf,
geen hond die zoiets doet.

OESTERVINGERS

Je bent een feest
omdat je iets in ons herinnert
aan het keren van de jaren,

oog in een geslacht,
moeder van de parel
waarin je tegenblinkt,
een hemel in grijs
vergeten van de zee,

je hand een diepe schelp,
iets wat ons niet kan raken,
herinnering aan wier en
heen en weer

zoals het bliksemt
in gesloten harten.

Je wrikt het open,
zout en wond,

je reikt het aan,
kloppende pols,
het mes dat schiet
als spoelen in een
bloedend weefgetouw,

maar het is tijd,
het is zo vreselijk veel tijd,
wij zijn het
en we weten.

RINGVINGER

De druppel die niet stolde,
het glas nooit aangetikt,

het tinkelen van goud
in wreed april koelblauw,

het rinkelend vergeten
dat ons bond, die ring,

en zonder knijpen
strikt hij ons met jaren,

zo glad gesloten
na die plotse zwaai,
je hebt zulke slanke vingers jij,
kijk uit,

daar gaat hij met
die grote zwaai
van jouw roomkleurig dansen,
je vindt hem nooit
terug in dat oneindig
gras,

hoe vaak ik het ook maai;

je hebt ook zulke
slanke vingers, jij,
daar moet je
niet om huilen.

SLANGENVINGERS

Toch niet, Snake Eyes,
niet voor ons.
Ze keek zoals reptielen kijken.
Ik naar het glinsteren van huid.

Stel je voor dat ze armen had;
misschien dat aanraken dan
lichter viel, iets in haar blik
dat me herinnert aan wat
er niet meer was toen zij en ik –

maar het brak af.

Dun zijn haar vingers,
levende asperges,
de kleine rouwrand
en dat wantrouwig tasten
naar mijn huid.

Soms doolt er iets door
mij. Zinderende wormen
met een periscoop.

Nee slangetje, je tong ook niet.
Niet wij. Misschien die anderen,
de overkant, een ander leven,
dat alles waarnaar je ooit,
een zomerochtend dat ik bij je was,
met plots verkregen handen wees
en zei: Dat zijn wij nooit.

SNEEUWVINGERS

Je blies zeepbellen in een hoos,
brak duisternis open met
een zucht van goud en blauw,

licht op je wangen in de nacht
daar waar je naast me zat
en me vergat in de betovering
van je gestulpte mond.

Twee vormen van voltooiing
vermengden zich en
kleefden aan je kille vingers

die me raakten in de versmelting
van kristal en bol.

Je deed gewichtloos het volmaakte;
je blies jezelf om een sneeuwvlok
als een dwaas en broos verdriet.

Iemand is ons voor geweest, zei ik,
maar je verdween over
het dichtsneeuwende plein.

Want wat we hebben
zijn we niet.

SUSHIVINGERS

Nee niet die kleine zee
die aan je vingers is, maar

de grote, kleurige,
waarboven een blauw zeil
en jij die in een streep
van schuim een witte
dag trekt, alsof adem

er niet meer toe doet.

Ik stop het koud en zout
tussen je paarse lippen

en je zegt me, je zegt het
eindeloos:

Doe dit niet duivel,
o doe het voor altijd.

Alsof eb en vloed
ons tegenhouden.

VINGERS VAN MIJN BUURVROUW IN DE LUCHT

Over de haag, waar je getekend staat
en wij nooit samenwoonden,
daar waar je, ik zeg maar iets,

in een luw vagevuur
me uitwuift omdat we niets
weten dat ons heugt

jij en ik, bleke schim van liefdes
verleden, zo in de bloeihaag
en de snoeihaag en de wilde rozen

daar waar het je omhelsde
o en dat stomme slipje
dat ik kende als geen ander

die in jou was
overspeelden we onze hand

want jij, met witte vingers
in de winter toen ik wegging,

je wuifde, ik zag nog lang
nadat je weg was

vier ijle twijgjes in de lucht.

WARM HANDS, COLD HEART

Je moest me niets bewijzen, jij,
alleen de warmte van je wanten
wist genoeg.

Toch kijk je, op een foto
die kraakt van jong verleden,
door de spreektralies van je
vingers: hoe je lijkt

op wat we wisten,
op wat we al zo vaak
hadden gezegd, op wat

daarin was weggebleven.

Ik zie je straks terug.
Het hagelt en de treinen
rijden niet op tijd.

Trappen boven de stad,
een ik dat langzaam opklimt
naar nooit meer,

en jij, een rode sjaal
om je bleke gezicht,
die me je oude
vingers reikt.

Het waait zo hard in ons
dat alle klokken buigen
in de wind.

WINTERVINGERS (sms)

Drie keer, een naam licht op,
een code voor verschijnen,

je doet het rijdend in de auto,
je doet het thuis in bad,
je doet het aarzelend of snel

en soms als ik je handen warm
want telkens is er meer van wat
we zienderogen zien verdwijnen.

Biep biep.

Ik had je vingers willen zijn
tijdens de dagen dat we
niets over lieten
aan wat niet meer was
dan verbeelding.

Je meldt me dat je zweeft,
dan weer val je zo diep
en remt omdat de dag

je bijna had verpletterd,
kijk uit, stuur me nooit
de laatste, maar je zwijgt al,

iets gaat verkeerd in satellieten
zonder baan, je wilde dat het –

maar wilde je dat echt?

ZOALS JE THUIS TIKT

Dat het niet aanklinkt
maar er is, als regen,
waaiend over de toetsen
die tegen je spreken.

Lichte hagel, scherp
als nagels, klinkt er nu
en dan in mee.

Geduld, als je op snelheid
komt, een hoger ritme
dat het hart kalmeert

en alles – bomen groeien
door het raam, de glasgordijnen
ademen als een dier –
wordt daarin opgenomen:

je handen, snel als wolken
in september, tikkend
op een zwart klavier.

AARDBEI (Hiëronymus Bosch)

De vruchten van het paradijs
zijn zwaarder dan het zuchten
in je buik.

Je maakt suiker uit licht;
uit sappen en gewricht
pers je de duisternis van bloed.

Kom Eva, licht me bij.
De pit die in de bessen zit
is van je kwade kanten nog de zoetste.

Je bent van elke beet de schaarste.
Je bent mijn vrucht.
Je bent de zwaarste.

BENEN (Dod Procter)

Jong nog, ze ging op zoek naar leven.
Hoe men herinnering inricht:
Hermes, ontwaken, plooien in het licht.

Dan, op een ochtend,
heeft ze zich blootgewoeld.
De zanger gaat naar haar op zoek.

De tweede teen is langer dan de eerste.
Hij bidt en smeekt de Bode om geduld.

We zien het treuren altijd in een spiegel.
Alles beleefd, maar nooit verteerd.

Dan wordt ze wakker.
Als je haar veel vergeeft
mag je het kussen.

O dit licht,
dat onweerstaanbaar tevergeefse,
en het geheim daartussen.

Dan kijkt hij om
en is haar kwijt.

DE OPWINDVOGELS

Dat voor hun stilvallen
geen waarzegger nodig is,
dat zei je en je wond
ons op, een beetje aarzelend
omwille van herinnering.
De datum was des duivels.

Een blos tekende vluchtig
het kind in jou, dat mij
het boek gaf ter bewaring,
je poppenvingers stil en wit.

Het ogenblik werd in het
knerpend zingen van het mechaniek
idool en doem voor ons,

totdat het stilviel,
een zwijgend verder draaien
dat ons nooit begon
maar steeds liet duren.

ANGYE IN DE SALSABAR

We glijden in een stroom die
van Cádiz over de droom tot
Puerto Rico reikt, we komen er
de snelheid tegen, de lome slaap
van algen, rifbouw en demonen;

we vinden er elkaar in knopen
die het lichaam weer losmaken
uit verlangen, een fractie van
een wenteling, een oogopslag;

de maravilla en de breking,
alles, net na middernacht,
de overvloed, de privileges
die we krijgen bij het dansen,
een warreling van mensen
in een *Gran Hotel*,

iets als organen in het donker
van haar heupen, kleine afgrond,
de golf die koortsig maakt
en zich bevrijdt – daar, voor

de kleine ronde tafel
waar het haar indrinkt,
in geurig Medellin,
alsof wij het waren

in het schaduwrood van
vleugels op haar rug,
waar ze belofte
is, en bloedt.

IK BIJ JOU

Je redde het reddeloze:
bloed op de tegels, donker
tussen jouw hand en mijn voet,
wat ons een vorm deed zoeken
om elkaar, zuinig en nabij,
om wat het vatbaar maakte –

je handen als een schelp,
glassplinters en lavendel
in de eerste nacht,

je laatste blik een bode
voor het moeilijk later,
dat ons inhaalt,
en omhelst.

EGYPTISCH

Er is een ibis die niet vliegt,
Darling Harbour in Sydney heeft
hem nooit gezien,
de schemer is zijn element
omdat hij geilt op Hegels uil.

Nachtlucht komt hem onder
de veren zitten, tot waar
hij ons verlaat –

wat je toen zei, het raam
stond open op iets heiligs,
vage kreten op een golf van echo's

– *De-member me, re-member me* –

het liet ons vrij, liet ons niet los,
Australisch is je thuis toch nooit,
je weegt ons hart en brengt het
bij Osiris,
dubbelagent met klapsigaar
in de lounge van een berooid hotel.

Hij blaft een liedje
waarin je naam klinkt
als de doodsklok
op een zinkend schip.

Omhels me, omhels me
of ik sterf.

HIPPARCHIA

Haar ogen wijd, de vrouw die de
ontvoering van de wijsheid zag,
morbiditeit, terwijl ze lacht

en schokkende praat uitslaat,
haar benen wijd, gepakt, vermaledijd,
de helderziende van de straat.

Nu haar het kleed ontvalt,
vermogen om te liegen,
te verhullen, de naaktheid

van haar waarheid omgehangen,
is ze nabij, ons dicht nabij,
ademt ons eucalyptus in,

en het vergeten, bevlieging die
haar passie is, haar oog op niets
en alles wat ontglipt,

scheldt ze ons uit, de heldere
waanzin als een sluier
om haar geest.

Toch jaagt zij ons in dromen,
en omhelst, en vraagt ons
om de liefdesdood,

die zij ook niet begrijpt,
omdat ze niet kan komen.

NOG VOOR HET SLAPEN

Aan verre motoren hoor je
hoe ruim de zomerhemel is
in sluimer ligt een vrouw licht
verstoord, gewichtloos in zichzelf
geplooid maar zonder plooi,
zo is ze mooi, die kleine frons,
adem gejaagd door de motoren, ver,
het is haar toegift en verlangen,
half waakzaam in een oogwenk
wil ze het zo, trillende wimpers,
ver zijn tractoren in het veld
tegen de hemel en de heuvel,
ze rijden steil tegen ons in
zo ruim de zomerhemel
in de helling van haar heup
nog voor ze slaapt –

WEGRESTAURANT

Uitlaatgas en stereo;
je hart een lekke band,
en jij die, slaafs aan
je eigen vluchtgedrag,
een Vrouw wou zijn,

zij die de man bereidt,
haar beste keuken
is nooit goed genoeg.

Je woorden in de wok;
hoog laait het op.

O, had ik het verdiend,
je had ons klaargemaakt –

hoe zou het kruiden
ons van ziel voorzien,
een honger van besef,

iets dat ons niet laat eten.

WAAR IJS IS

Je wou met twee zijn
in het ijs, een beiden
dat zich warmt aan
je afwezigheid,
een branden in het ijle.

Je schreef in naam van
Niemand rozen op het ijs,
je dronk je lippen
blauw aan zwijgen,

je vroor je vast aan mij,
daarom ook niet,
en dat met woorden.

Zo was er tijd, verloren,
koelte voor de ziel,

en jij schreef links,
mijn Griekse in het ijs.

ONWEER, AFDRIJVEND

Een glimp van licht
dat niet bezonken raakt,
herinnering aan stapelwolken
gifzwart bij de zee,
en de belofte van de hel
die we elkaar toen gaven.

Je leeft maar zeven keer,
bloeit nog een keer
in het voorbijgaan
en bloedt dan zeven
jaren met de magere koeien,
zij die zwart zijn in elke nacht.

Je hand ligt op de mijne.
Vergeten is de nevenschade
van vergeven.

In een waas van
blauwe hagel drijft
huiverend nog Venus,
vermomd als felle ster.

Wat is je truitje rood,
wat is de dag verloren,
wat willen we nog
na het rillen bij
de hoogste nood.

VROEGE ZOMER

Het is de maand van berenklauw
en spijt, brandend als vingers
op de huid.

Het wordt niet minder, schreef ze,
voegde omhelzing toe,
gooide haar hartenwens in

de afgrond van een ogenblik,

een iets van niets
dat namen vrat en
ervandoor ging, zonder haar.

Hoe moet het leven zonder weten
dat zich zoekt in mijn vergeten,
dacht ze, juni is ver,

een bermbom in de vorm
van huiverende handen
waait de verloren reizigers
in warme nachten toe.

Het is de maand van berenklauw
en spijt, dat zei ze,
van honinggal en jonge wespen,
hoog gras dat ons niet snijdt,
hoezeer we ons ook kwetsen.

VIEILLE CHARITÉ

De bogen die zich om ons sluiten
schaduwloos;
een ritme dat zich opdringt
in de tussenruimte,
waar het vloeibaar is
van licht en overgang.
Olijven in de steen.

In een oud bekken, waar
water tot een koepel wordt,
stroomt het zich tot geschiedenis
die ons uitsluit en dan
omarmt,

gestalte van de vrouw
die oorlog wilde,
snel om een hoek verdwijnend
terwijl ik denkend sliep,

en toen je huid herkende
en verloor uit zoveel ogen.

VUURVOGEL

Het dronk zich tussen ons
met koude teugen,
het klonk als een gebed zonder geloof
prikkelend haalde het ons in
en zei ons niets
dan dat je bloedde
en herrees.

Het schijnt dat hij zijn
borst natmaakt
voor hij het vuur in gaat.

Soms zit hij kaalgeplukt
tegen de ochtend in het gras
en maakt ontwaken draaglijk
tussen ons.

VERKLAARDE NACHT

Denkend aan het ene
doet een mens het andere;
hij kijkt de hemel in

en wandelt zich een leeftijd
bij elkaar, waarvan men zegt
dat hij niets voorstelt dan
onderwerping aan jezelf.

Aanspreekbaar zijn
de stenen en de weg,
het ruisen van de
naderbij gekomenen,

de valse roep van honden
en de hoge stem die zwijgt
voorbij je kleine einder,

jij die terugkwam
uit een verklaarde nacht,
mijn licht bezeten liefste,

die voor me zat en lachte
om de bloedvlek op het raam.

DE UITVERKORENE

Als Flora danst
zit hij op de eerste rij.
Hij zet zijn bril af,
sluit zijn ogen en geniet
terwijl zij zweeft.

Hoe hij haar ziet,
heeft niemand ooit begrepen;
Doorschijnend zijn alleen de
oogleden van een engel.

Ze schuiert en ze vlindert,
werpt schaduwen en licht
de zandkring rond,
ze schudt haar lijfje en ze
kronkelt als een slang
met ledematen, geurig
en als blind.

Ze zingt erbij,
hoog en een beetje wild.

Ze staat plots voor zijn troon;
ze hijgt uit en ze trilt.

En hij, de ogen nog steeds dicht,
hij lispelt in de richting van haar adem
en de kloppende aders in haar keel
en looft wat hij niet ziet.

ELYZEESE VELDEN, NACHT

Zo likt een kat zich in
bij wie op schoot haar
klauwen heeft gemist:

ze veert op en ze zingt voor
dronken dichters, roodzwart
haar openvallend hesje
en haar echtelijke trouw,

gezworen en verloren
in ons kuise bed,

meisje van smeltend steen
te midden van een woud
van microfoons,

hoor je ze zingen in de sponde
over een misdaad zonder zonde,

want dat doen wij,
als minnaars in hun tombe.

TO HIS MUSE

Kleine Procrustes-dienares,
jij die me stretcht en strest
en wegloopt met de rest,
mijn vodden en mijn benen Fancy,

jij die omhelst en dan weer pest,
je zwart glimmende vel als de
illusie van mijn uren,

je gaat en blijft,
je sjort de riemen aan
en vilt de fijne twijgen,
geselt ermee mijn oksels,
je slaat brandnetelbossen
op mijn kuiten,

en als je bij me ligt
fluister je: Kijk ik loop
daarbuiten, je ziet mijn
weerschijn in de ruiten.

Hou je goedkope rijmen en
de rest, maar zie niet af van
pesten.

VERANTWOORDING

In deze uitgave werden gedichten opgenomen uit *Muziek voor de overtocht. Verzamelde gedichten 1975-2005* (2006) en uit *De val van vrije dagen* (2010).

Verder verschijnen enkele nog niet gebundelde gedichten hier voor het eerst.

INHOUD

Aankondiging 7
A. 8
Verwensing van de datum 9
Verwensing van de cirkel 10
Verwensing van de klok 11
Verwensing van wat kwetsbaar is 12
Verwensing van wat welkom is 13
Verwensing van geluk 14
Francesco's paradox
 Leef als de apen en de katten 15
 'Hoe kan iets wat zo'n zeer doet 16
 Water liep dronken langs haar 17
 Laura, ik heb zeer 18
Augustus/Het stof 19
September/Baai in Kreta 20
Oktober/Het bloed 21
Desdemona 22
Wilde kiemen 23
Omphalos 24
Een beeld van jou 25
Barbaars heuveltje 26
Mijn beurt 27
Huisman 28
Late vormen 29
Envoi 30
Rijpe kersen 31
Op wandel 34
Hermesvilla, Wenen 35

Tango Saudade 36
Love song 38
Dertig 39
Polaroid 40
Voor A. 41
Open deuren 42
Na de liefde 43
In een kamer 44
De terugkeer
  Je rijdt op mij 45
  Je hengelt naar vertrouwde pijn 46
  De lucht is zuiver, zeg je 47
Winter te P. 48
L'oeuvre au noir 49
De minnaars 50
Na de middag 52
Swartvrou, Stellenbosch 53
Meisje in Durban 54
Fontaine-de-Vaucluse 55
Voorjaar 56
Les Salettes 57
Roermond 58
Je t' embrasse 59
Bezoeking (verdwaald) 60
Betovering door sneeuw 61
Ajuinvingers 63
Bramenvingers 64
De nagelbijtster 65
Fleurs de courgette 66
Kaneelvingers 67
Kersenvingers 69
Koele vingers 70

Leesvingers 71
Nachtvingers 73
Novembervingers 74
Oestervingers 75
Ringvinger 77
Slangenvingers 79
Sneeuwvingers 80
Sushivingers 81
Vingers van mijn buurvrouw in de lucht 82
Warm hands, cold heart 83
Wintervingers (sms) 85
Zoals je thuis tikt 87
Aardbei 88
Benen 89
De opwindvogels 90
Angye in de salsabar 91
Ik bij jou 93
Egyptisch 94
Hipparchia 95
Nog voor het slapen 96
Wegrestaurant 97
Waar ijs is 98
Onweer, afdrijvend 99
Vroege zomer 100
Vieille Charité 101
Vuurvogel 102
Verklaarde nacht 103
De uitverkorene 104
Elyzeese velden, nacht 105
To His Muse 106

Verantwoording 108